Traduzione di Augusto Macchetto

 WWW.RAGAZZIMONDADORI.IT

 MONDADORI-LIBRI PER RAGAZZI

© 2016 Eric Carle LLC
© 2017 Mondadori Libri S.p.A., Milano, per l'edizione italiana
Pubblicato per accordo con Puffin Books, part of the Penguin Random House group.
Titolo dell'opera originale *I Love Mum*
Prima edizione aprile 2017
Prima ristampa aprile 2018
Stampato in Cina
ISBN 978-88-04-67431-3

ERIC CARLE

TI VOGLIO BENE, MAMMA!

MONDADORI

Mamma...

il mio cuore
fa un salto

se mi tieni **stretto**.

sai tante cose e...

non ti scordi
mai
di me.

Anche se...

strillo **e saltello,**

sbuffo e mi
arrabbio,

tu mi mostri

la strada

e mi aiuti
se inciampo.

Ecco perché...

TI VOGLI
MAN

O BENE,

MMA!